Feu de brousse

© 2021 Ph. Aubert de Molay/Hispaniola Littératures

Édition : BoD – Books on Demand,
12/14 rond-point des Champs-Élysées, 75008 Paris
Impression : BoD - Books on Demand,
Norderstedt, Allemagne

éditrice HL : Rose Evans (avec Reinhild Genzling)

Collection 1nouvelle

Photographies de couverture :

Christine Chatelet

ISBN : 978-2-3222-6973-0
Dépôt légal : Juin 2021

Feu de brousse

nouvelle

Philippe Aubert de Molay

HISPANIOLA LITTERATURES

Collection 1 nouvelle

Le feu qui te brûlera, c'est celui auquel tu te chauffes.
Proverbe africain

Feu de brousse

Lorsque la petite moitié de l'Afrique australe a été considérée par les experts comme définitivement perdue pour l'habitat humain, l'inquiétude a gagné du terrain. La presse ne savait pas comment présenter les choses, les politiques brassaient de l'air et de mauvais prophètes alarmaient les gens.

Pour se résumer, la situation était la suivante : généré par une sécheresse de huit ans (elle-même produite par le réchauffement climatique s'étant visiblement emballé), le plus gigantesque incendie de tous les temps ravageait la Namibie, le Botswana, le Zimbabwe, la moitié du Mozambique et de l'Afrique du sud. Autrement dit, cela se passait sur la lune. Car nous étions bien loin géographiquement de cette catastrophe.

Peu après, nous devions changer d'avis. Car le bilan provisoire, c'était des milliers de disparus et soixante-huit millions de ressortissants évacués. De plus, le monstrueux feu de brousse brûlant nuit et jour, remontait vers le nord à raison de trois cent mètres par vingt-quatre heures. Il faut imaginer 300 mètres de brasier par vingt-quatre heures. Les chaînes d'info continue présentaient de charmants graphiques animés en 3D. Sur le terrain, les flammes se jouaient des montagnes, contournant les fleuves en détruisant les milliers de pompes à eau géantes de marque chinoise 草書 installées par la communauté internationale pour tenter de ralentir l'Apocalypse local. Bientôt l'Angola et la Zambie partiraient en fumée à leur tour. L'armada d'avions bombardiers d'eau s'avérait inutile. Une goutte d'eau dans un océan de feu. De nombreux chercheurs parlaient désormais d'un phénomène inédit de *combustion spontanée.*

C'est durant cette crise mondiale que j'ai fait moyen de tomber amoureux. Les gouvernements avaient beau informer les populations qu'il n'était pas raisonnable de tomber amoureux, cela se produisait tous les jours. Fruit d'une longue étude scientifique multidisciplinaire, l'Organisation Mondiale de la Santé avait formellement établi que : plus le sentiment amoureux était présent chez les humains, plus les grands incendies se propageaient, gagnaient en force. C'était une nouvelle stupéfiante.

Nous avons tous vu sur internet ces expériences terrifiantes où l'on plaçait des personnes à cinq cent mètres de la muraille de flammes. Si des amoureux faisaient partie du groupe témoin, la fournaise se démultipliait de 20 à 38,8%. Un effrayant phénomène, qualifié de métaphysique par certains. Alors des lois ont été promulguées pour interdire à quiconque de tomber amoureux.

Pour punir les hors-la-loi et réfractaires, la peine de mort a été retenue dans certains pays (Etats-Unis, Chine, Iran, Indonésie, Egypte, Brésil, etc.). Le Texas a inventé une sorte de surpuissant siège éjectable propulsant les condamnés par un jury populaire derrière le mur de flammes. Au plan scientifique, cette relation de cause à effet a été baptisée *l'épanouissement Gatsby*. Et nul sur terre n'était capable de fournir la moindre explication sur cette manifestation dévastatrice. Aimer produisait l'incendie ? *L''épanouissement Gatsby*, c'est une neurologue mexicaine de la faculté de médecine de l'Université autonome de Guadalajara qui, la première, avait utilisé cette curieuse expression en constatant l'effet *épanouissifiant* du sentiment amoureux sur la réaction chimique exothermique d'oxydation appelée combustion.

Le docteur Ariela Bauman avait cité Francis Scott Fitzgerald et son roman *Gatsby le Magnifique* : *Son cœur battait de plus en plus vite à mesure que le blanc visage de Daisy se rapprochait du sien (...). Puis il l'embrassa. Au contact de ses lèvres, elle s'épanouit comme une fleur.*

Visiblement l'amour mettait le feu partout.

La fin du monde ?

On se félicitait toutefois que ne soit pas survenu ce que les gens craignaient le plus, d'après les sondages, en matière de fin du monde : aucune collision à signaler avec un astéroïde géant venu des confins de l'espace, aucun tremblement de terre géant en Californie ni au Japon. Même si l'humanité l'avait redouté durant plusieurs mois, pas d'épidémie zombie propagée par le virus Zika1000, virus à ARN simple brin de polarité positive de 10 794 nucléotides codant pour un précurseur polyprotéique de 3 419 acides aminés (M. Delpech, A. Bauman et G. Baltar, *Full-length sequencing and genomic characterization of Bagaza, Kedougou, and Zika1000 viruses*, OMS, Arch Virol., vol. 172, no 4B, 2016, p. 687-696 - DOI 10.1007/s00705-006-0903-z). Pas plus de guerre généralisée produites par la pénurie d'eau ou d'hydrocarbures. Ni de féroces famines régionales ni de raréfaction de l'oxygène (à cause d'une sombre histoire de trou dans la couche d'ozone).

Après les drames de Tchernobyl, Fukushima et Fessenheim, l'industrie nucléaire n'avait jamais été remise en question par une opinion publique désireuse que les ordinateurs et smartphones ne s'éteignent surtout pas. Puis le feu. C'était par le feu que nous allions probablement tous périr.

Déjà 295,4 millions de morts d'après les Nations Unies. En boucle, des reportages expliquaient que la combustion est une réaction chimique dégageant de la chaleur (exothermique) et de la lumière. C'est aussi la dégradation visible d'une matière, y compris le cas échéant un corps humain. Cette réaction chimique ne pouvait avoir lieu que si l'on réunissait trois facteurs : deux composés chimiques (un combustible et un comburant) et une source d'énergie (énergie d'activation) - ce que l'on appelle le triangle du feu. En terme général, le feu se déclenchait par l'action d'une flamme et /ou d'une simple étincelle, elles-mêmes inaugurées par une réaction chimique entre deux ou plusieurs corps. Sous l'effet de l'énergie d'activation (notamment de la chaleur), le combustible se décomposait (pyrolyse), le produit de cette décomposition étant un gaz qui réagissait avec le comburant (en général le dioxygène de l'air). Ainsi, nous pouvions résumer le processus par la formule suivante : combustible + chaleur + dioxygène = feu.

Comment survivre à l'effondrement mondial ? Dana et moi étions tombés méchamment amoureux et ne ferions rien pour éviter ce terrible crime.

Aux informations de dix-neuf heures, j'étais en voiture et il faisait très chaud pour un mois d'avril en Europe occidentale (36° au thermomètre du tableau de bord), ils ont dit qu'un second foyer d'incendie venait de démarrer avec violence dans le sud de la Malaisie et le nord-ouest de l'Indonésie. Après un mois de lutte, il avait fallu se rendre à l'évidence : il serait impossible d'endiguer le brasier et encore moins de l'annihiler. En quelques semaines, les villes malaisiennes de Johor Bahru (838 937 habitants), Melaka (187 111 hts), Port Dickson (155 039 hts) n'étaient plus que cendres. Kuala Lumpur (1.582 909 hts), la capitale, était maintenant menacée. En Indonésie, les grandes îles de Sumatra (50 365 538 habitants) et de Bornéo (20 000 000 hts) voyaient leurs dernières forêts, déjà mises à mal par l'industrialisation, partir en fumée. Jusqu'aux rochers qui fondaient tant la température s'avérait élevée. Singapour (5 312 400 hts) était actuellement la proie des flammes.

La peur commençait à se répandre sur toute la planète.

Voilà ce que Dana a écrit un jour et je ne lui ai pas demandé la permission pour apprendre ce texte par cœur. Par. Cœur. Elle sera peut-être en colère que ces mots si beaux et si personnels soient lus par des étrangers mais tant pis, allons-y, je prends le risque car - en toute sincérité - je les récite comme une prière, comme une déclaration de paix, comme une tempête emportant tout, comme la preuve qu'il aura existé quelque part la femme que je cherchais.

Cela disait : *Je suis née, je vis. Et j'ai deux oreilles pour entendre, deux yeux pour voir le jour, deux mains pour toucher et caresser, un nez pour sentir, une bouche pleine de gourmandise, une bouche pour parler et pour rire, des pieds nus pour sauter, pour danser, un esprit pour réfléchir, des rêves plein la tête et deux mains pour bâtir, la tendresse et l'amour, l'amour qui me guide. Et puisque j'ai reçu ce miracle qu'est la vie, je sème patiemment des graines autour de moi. Incarner la justesse, l'authenticité, relever les manches de mes petits bras, faire et sentir le bon, le bien, le beau. Remercier la vie de me donner des expériences.*

J'étais capable de lire cent fois de suite ce qui précède.

Et la suite me bouleversait tout autant.

Apprendre, c'est ce que j'aime par-dessus tout. Je ne me pose jamais en juge mais déteste l'injustice. J'aspire à la joie, à l'amour et à la paix. Je ne suis pas parfaite. Nul ne l'est. Je fais de mon mieux. Ce que je suis, je l'ai bâti. Je n'ai pas terminé. Je souhaite partager cela. Volonté d'aimer version kleenex, symbole d'une société jetable et abjecte s'abstenir avec moi. Ni dieu, ni maitre, sauf soi.

Plus tard, elle avait écrit qu'elle cherchait *des relations vraies et constructives. La tendresse. La gentillesse. L'écoute. L'humour et la sincérité. La joie. Les heures qui passent et ne se ressemblent pas. Méditer. Échanger. Les esprits clairs. Ne pas se prendre trop au sérieux. Vivre chaque jour comme si c'était le dernier. Les êtres singuliers qui savent profondément ce qu'ils veulent. Un compagnon de route, quelques TU à te dire, le rivage d'un IL avec qui je déploierais pleinement mon ELLE. Un jour quelqu'un m'a dit : « Quand tu aimes, tu ne te poses pas la question, cela te semble une évidence, tu as tout le temps envie d'être avec cette personne, envie de lui parler, de lui faire du bien, et quand tu es seul et que tu te parles en toi-même, ce n'est plus à toi que tu parles, mais à elle »*. *Partager la force de la vie, les pieds sur terre, la tête dans les étoiles.*

Comme déjà dit, j'avais lu et relu ce qui précède, n'en croyant pas mes yeux. M'était dit que l'homme qu'elle aimerait aurait bien de la chance. Un roi.

Je trouvais extrêmement élégante sa façon d'exprimer ce mélange de volonté et d'abandon semblant la caractériser. On s'était trouvé, *retrouvé* peut-être, sur un site de rencontres.

Il fallait aujourd'hui se rendre à l'évidence : le feu progressait, prenant irréparablement la route du nord, dévorant tout sur son passage. Jusqu'à cinq à six mètres de profondeur d'après les experts, les flammes mangeaient la terre, décomposant toute matière végétale, organique et parfois minérale en surface et en sous-sol, faisant s'évaporer les fleuves et les lacs, disparaître définitivement toutes les ressources.

Dernièrement, les cités africaines de Durban (678 777 habitants), Luderitz (88 120 hts), Mariental (316 400 hts), Lulucity (98 000 hts), Maputo (999 999 hts) et Prétoria (711 416 hts) avaient été néantisées. Réalité crue de la fin du monde.

On nous racontait que c'était le réchauffement climatique, que ce dernier était probablement la combinaison de nombreux facteurs, le défi consistait à chercher à comprendre quel était le degré de responsabilité de chaque cause. La pollution était citée en premier, notamment à cause de l'émission massive depuis 1960 de gaz à effets de serre. Des gaz absorbant le rayonnement infrarouge émis par la surface terrestre.

Ce qui créait un fonctionnement similaire à celui du vitrage d'une serre : le bénéfique rayonnement solaire rentrait « à l'intérieur » mais ne pouvait pas ressortir, installant une sévère augmentation de la température de l'atmosphère. Le plus connu de ces gaz : le CO_2. Mais citons aussi le méthane ou l'ozone troposphérique. Les CFC, utilisés dans les appareils produisant du froid (réfrigérateurs, congélateurs, climatiseurs, etc.) étaient aussi problématiques. Quelque chose de terrible arrivait.

J'habitais en toi, Dana. Tu étais ma maison. Ton corps, ton esprit, ta voix : mon abri. Vivre à tes côtés, c'était comme d'être heureux dans une cabane construite avec quatre bouts de planches et trois clous là-haut dans les frondaisons. Tu m'avais si immédiatement plu. Un éblouissement.

Amoureux, nous étions donc des criminels. Qu'allait-il advenir de nous ?

Que faire ?

Comme tous les autres humains, nous ne savions que faire.

Le feu gagnait, c'était la seule certitude.

Tandis que les millions de réfugiés ralliaient l'hémisphère nord et que des émeutes ensanglantaient la moitié du globe, on recevait des mails comme celui-ci : *Bonjour / Bonsoir cher internaute, Ce message porté à votre attention est loin d'être une distraction ou une comédie. Il n'est plus à démontrer l'importance du vodoo (divinités ancestrales au Bénin) et sa puissance mystique relevant de la sorcellerie gouvernant toute existence. Moi Duihji Gbénouvé-om (né en 1778), dignitaire du culte vodoo et fils de roi-magicien, natif du royaume d'Abomey, décide d'étendre mes œuvres issues de la réalité des forces occultes à l'attention du monde entier actuellement frappé par le feu final. Je décide d'offrir mes services à toute personne en quête de la santé, du bonheur et du succès. J'opère par magie depuis 246 ans, depuis l'heure de ma naissance, et je vais continuer. J'applique le traitement traditionnel pour les cas de folie ou de dépression liées à la magie, d'insomnies provoquées par les déviations spirituelles, d'addictions au tabac ou à l'alcool, de maladies rendant impuissante la médecine classique (cancers, cardiopathies, disfonctionnements de la prostate, des reins, des poumons, du foie, de la langue, des os, de l'audition, de la vue, de l'appareil génital). Je suis un soigneur. <u>Je peux arrêter le feu final</u>. Je peux retarder l'Apocalypse. Comme on le dit si justement, c'est à l'œuvre qu'on reconnaît l'artisan. Faites-moi confiance.*

Vous constaterez la portée de mes faits. Merci de me contacter à mon adresse e-mail personnel : papafusion@gmail.com. Je peux dès votre irruption dans l'autre monde (car vous périrez tôt ou tard dans les flammes), vous ouvrir les portes d'un lieu paisible où il est inutile d'appeler la Banque populaire pour les rassurer, où la paie et le remboursement de la sécurité sociale ne tarderont pas, où il ne sera pas nécessaire de payer toutes les dix secondes et par QR code des amendes pour respirer. Je peux gérer efficacement votre mort prochaine, retenir votre place dans l'au-delà et vous installer dans une vie surnaturelle heureuse.

OK.

Je passais tout mon temps avec toi, Dana, la mort prochaine m'indifférait. Tes mots, ta peau, ta joie et ta colère. Tu murmurais comme une petite fille : *Je suis née, je vis.*

Je te regardais, te découvrais belle comme de la nourriture préparée pour une fête, comme une table dressée. Je chantais ta simplicité et ta somptuosité. Ta bonté et ta finesse, ta gentillesse et ta prévenance. Ton intelligence et les trésors de ta conversation. Nous le savions tous deux, aimer c'est quand on devient enfin capable d'oublier le passé. Quand le petit présent fragile l'emporte.

Tes oreilles étaient des bijoux de prix. Tes mains, des oiseaux joyeux. Tes yeux, des saintes icônes. Toute ta personne était la manifestation du vivant.

Les scientifiques estimaient que le feu aurait embrasé l'intégralité de la planète dans moins d'une dizaine d'années à tout casser, plutôt six ou sept. D'après les calculs, notre terre suppliciée se consumerait ensuite durant environ 750 000 ans puis se refroidirait lentement, très lentement, en rougeoyant dans l'espace, telle un mini soleil, pendant le même laps de temps ou beaucoup plus. Puis la terre serait un astre mort, calciné, débarrassé de toute forme de vie. L'enfer. Même s'il ne fallait pas totalement exclure qu'un nouveau cycle biologique ne revienne. La vitalité des graines les plus enfouies, peut-être ? Le retour des fougères ? Des arbres ? Des algues dans les océans évaporés et remis partiellement en eau par les pluies ? Mais avant tout ça, des millions de réfugiés fuiraient le grand bûcher en se précipitant, par vagues successives, vers les surpeuplées étendues boréales. Lequel nord serait, lui-aussi et à terme, submergé de réfugiés puis carbonisé.

Dans 2 ans, l'Amérique du sud aurait commencé intégralement à roussir. À l'autre bout du monde, le flamboiement africain aurait encerclé Libreville, Kampala, Kisangani, Bulawayo, Tlou et Mombasa dans quelques mois seulement. C'était inéluctable.

En Asie, on ne parlerait plus de Pékin ni du Tibet, de la passe de Peshawar (en ourdou : پ شاور ; en pashto : پ شنور) ni de la somptueuse Hué, l'ancienne capitale impériale du Viêt Nam (1802-1945) sur la rivière des parfums. Dans trois ans, Casablanca et Jérusalem, Bruxelles, Santa Fe et Varsovie ne seraient plus qu'un souvenir. Les pompes à eau géantes 草書, autant pisser dans un violon. Dans cinq à six ans, après la crémation des dernières villes d'Alaska, de Laponie et de Sibérie, nous serions tous morts. Une planète-cimetière.

Dana avait dit qu'elle aimait les vieux films de Clint Eastwood, regarder les étoiles autour du 15 août, lire et relire *1984* de George Orwell, le film déjà ancien *Broken Flowers* (je l'aimais aussi beaucoup), enlacer et embrasser, faire la sieste, Hayao Miyazaki, les longues promenades juste après la pluie, les pique-niques, les librairies, ne rien faire parfois. Dana, voici des informations sur toi : 175 cm, 63 kg, musclée, cheveux gris et yeux verts, 38 ans. Je te trouve un visage d'héroïne du XVIIIème siècle. On dirait que tu as été peinte par Jean-Honoré Fragonard. Le portrait de sa jeune fille au chien, c'est toi. Tu as un petit air de son espiègle Marie-Madeleine Guimard. Ou, mieux, de sa jeune fille délivrant un oiseau de sa cage. Tu es belle comme un jardin. Limpide comme une source cachée sous les fougères, intuitive comme un animal sauvage libéré. Ou enfin évadé.

Je te devine une énergie de spartakiste. Je suis troublé par ton allure assez sage de Mary Poppins sans doute délicieusement trash en réalité. Je m'étais longtemps demandé (et c'était plutôt un commentaire qu'une question) si la vie avait quelque chose à voir avec moi. Me reposant sur l'expérience plutôt stérile des jours et des années, j'avais été disposé à penser que, de près ou de loin, mise à part me conduire à la mort par des chemins interminables dans l'illusoire dévotion à ma propre personne, l'existence ne m'avait pas spécialement fait de cadeau. Je m'étais senti un peu seul et j'avais cessé, un jour, d'attendre que le miracle d'une jolie rencontre ne se produise. Puis Mary Poppins dessinée par Fragonard, délivrant les oiseaux de leur cage, était venue me dire dans un sourire de reine que *faire la sieste était une activité des plus anthropologiquement indispensables. Le territoire des corps dévêtus et des rêves encourageants était à visiter avec assiduité*. Dans une sorte d'urgence, ayant à voir avec le culte que l'on rend à une splendide journée d'été au bleu métaphysique ou bien au crissant givre de décembre faisant danser les trottoirs, tu respirais à grandes goulées. Je me suis douté qu'à tes côtés, Dana, la vie était un détour mortel avant l'intimidant silence terminal. Mais que ta petite chanson de femme heureuse de vivre pouvait me réconcilier avec l'univers. Magicienne !

Alors y croire.

Même les îles ont pris feu. Cela venait désormais des entrailles de la terre. Soudain des flammes surgissaient d'en dessous les pierres, il fallait voir une telle abomination. On se serait cru dans un manga catastrophe : l'ambiance hypnotisante d'un Tokyo de science-fiction où la ville géante et les campagnes industrielles voisines deviennent folles de destruction. Les racines des pacaniers ou des eucalyptus chauffaient secrètement à blanc et moins d'une heure plus tard les arbres devenaient des torches. Les sapins bourdonnaient comme des ruches lorsque leur sève odorante dorait la nuit en brasillant, ça faisait comme un murmure grandissant d'entités fâchées, nous lançant des reproches sur notre propre rapport à la terre – dévorateur lui aussi – et bientôt c'était une clameur formidable lorsque toute une forêt de conifères semblait une boite d'allumettes craquées en même temps. Des nuées d'oiseaux rôtissant en plein vol. Il fallait fuir les îles. Toutes. Un billet d'avion devenait le bien le plus précieux. Des gens se sont battus pour monter à bord du moindre petit avion d'aéroclub, les pilotes – y compris du dimanche et provoquant crash sur crash – sont devenus des dieux. Partout, du nord au sud, d'un continent à l'autre, l'indomptable feu de brousse.

Devions-nous nous résoudre à considérer l'humanité comme perdue ? Le pessimisme le plus noir n'était-il autre que de la lucidité ?

Et nous, nous préférions en voir le moins que possible. Sans être dans l'ignorance des événements (comment cela aurait-il été possible ?), nous préférions porter le regard vers le positif, vers les belles choses, vers un avenir assuré heureux en dépit de tous les signes évidents et les alarmes contredisant cette vision. Vivre notre amour était l'absolue priorité, l'unique objectif. Au diable la fin du monde. Nous nous en sortirions, la science inventerait quelque chose, sauverait le monde. Pour laisser de côté les doutes et les angoisses, on s'est pris de passion pour le peintre Jean-Honoré Fragonard. Les bibliothèques plus ou moins désertées nous voyaient errer à la recherche de la moindre de ses biographies. *Jean-Honoré Fragonard, Vie et Œuvre, catalogue complet des peintures* (Jean-Pierre Cuzin, Office du livre/éditions Vilo, 1987), on l'a lu ; *Fragonard* (Marie-Anne Dupuy-Vachey, éditions Terrail, 2006), on l'a relu ; *Fragonard, l'invention du bonheur* (Sophie Chauveau, Folio, 2013) on l'a lu, relu et re-lu-lu, on ne l'a plus quitté car c'était un livre de poche facile à emporter dans notre fuite. Un soir d'électricité coupée, nous nous éclairions d'antiques bougies et, dans cette bibliothèque silencieuse, ces centaines de rayonnages avec leurs millions de mots immobiles, c'était beau : entre ombre et lumière, on aurait dit une sorte de grotte de Lascaux avec ses familières et énigmatiques peintures murales. Un temple. La gloire des hommes. C'était triste aussi. Tout brûlerait. Il ne resterait rien de ces livres. Fumées.

En Europe, la police, zélée jusqu'au bout, traquait à présent les amoureux, les séparant et les parquant dans des camps loin des « zones sensibles » (comprendre : loin du feu en progression). Les couples qui s'évadaient trois fois étaient exécutés par injection d'après une loi votée démocratiquement. Avec pour seul bagage notre Fragonard de poche, nous nous étions évadés à deux reprises et pas question de nous reprendre cette fois-ci, la troisième tentative de fuite serait la bonne. Déguisés en réfugiés climatiques ordinaires parmi les millions de nos semblables, nous faisions discrètement route vers le nord du continent, vers la Russie septentrionale peut-être, cherchant à rejoindre les cités surpeuplées et encore éloignées du Brasier (tout le monde l'écrivait désormais avec un grand B) de Novossibirsk (Новосибирск) ou peut-être, encore plus loin, de Komsomolsk-sur-l'Amour (Комсомольск-на-Амуре).

En public, il ne fallait surtout pas se prendre par la main. Sinon la police. Et éviter toute manifestation, tout geste de tendresse sinon la police. Cette dernière disposait depuis peu d'un appareil de contrôle redoutable. Ce Détecteur de Regards (exploitant les causes de dilatations pupillaires bilatérales) démasquait à coup sûr deux amoureux du fait de l'intensité d'indice BK 31 de leurs échanges visuels. Il était rassurant de constater que la science avait poursuivi son long combat pour le bien et le progrès de l'humanité.

Dans des stations-services abandonnées ou mieux, dans la cabine assez confortable d'un semi-remorque figé depuis des mois sur un parking polonais, on passait la nuit. Se nourrissant de barres de céréales et de soda en boite, incapables de voir les étoiles car désormais une fumée plus ou moins épaisse et annonciatrice du Brasier à nos trousses occultait le ciel (empêchant au passage la croissance des végétaux mais aucune importance). C'est là sur une couchette aux puissantes odeurs de tabac que l'on se serraient l'un l'autre dans nos bras fatigués. On riait, on pleurait. On s'offrait des dilatations pupillaires bilatérales fabuleuses. Nous parlions de notre Fragonard. Comme si la peinture et le dessin pouvaient nous sauver. D'une écriture un peu tremblée et peu de temps avant que l'internet ne soit interdit au public car réservé pour notre sécurité à la police et aux autorités, Dana, tu avais recopié sur Wikipedia ces saints écrits :

Les scènes de genre de Fragonard sont volontiers érotiques, comme dans l'œuvre Les Hasards heureux de l'escarpolette, *fantasme d'un commanditaire (M. de Saint-Julien, receveur général des biens du clergé) qui donna par lettre à l'artiste des conseils de mise en scène : « Je désirerais que vous peignissiez Madame sur une escarpolette qu'un évêque mettrait en branle. Vous me placerez de façon, moi, que je sois à portée de voir les jambes de cette belle enfant et mieux même, si vous voulez égayer votre tableau. ».*

Mais même ces scènes effectivement frivoles peuvent être lues à un niveau différent, on peut y voir percer, souvent une inquiétude, parfois un sentiment de fin de fête (et cela rappelle Antoine Watteau ou encore le roman Point de lendemain de Vivant Denon), ou encore une menace diffuse : les couples en intimité, les belles qui s''agenouillent, les endormies, tout ce petit monde de grâce et de sympathie est observé par un peintre qui nous rappelle que la jeunesse ne dure pas et que les moments de tendresse lascive sont fugaces et rares.

Alors on s'aimait plus que jamais. Essayez de séparer deux amoureux pour voir. Relisez *Roméo et Juliette, Tristan et Yseult,* fréquentez *Rodrigue* et *Chimène,* visionnez le film la *Leçon de piano.* Au siècle dernier en Nouvelle-Zélande, Ada, mère d'une fillette de neuf ans, doit suivre son nouveau mari dans les profondeurs du bush. Il accepte d'y emporter tous ses meubles à l'exception d'un piano qui échoue chez un voisin illettré. Ne pouvant supporter cette perte, Ada accepte le marché que lui propose ce dernier. Regagner son piano touche par touche en se soumettant à ses fantaisies et confidences. Palme d'or 1993. Ada. Dana.

Personne ne nous séparerait. Nulle force sur terre n'en serait capable.

Pas même le B.

Pendant cette longue marche, un soir où, réfugiés dans une grande déglinguée, nous n'avions rien trouvé à manger (il nous restait tout de même quatre petites pommes ramassées un peu pourrissantes dans un verger à la sortie de Michalowo, c'est à l'extrémité orientale de la Pologne je crois, vers Bialystok), tu m'as raconté qu'autrefois l'anthropologue Polly Wiessner a évalué l'activité nocturne et diurne des Bushmen du Kalahari et estimé que la majorité des conversations du jour portent sur des questions économiques (stratégies de chasse et de cueillette, fabrication d'outils), des critiques liées à l'événementiel, des plaisanteries et des commérages (6 % du temps étant seulement consacré à raconter des histoires). Alors que la nuit autour du feu de campement, plus de 80 % des conversations sont des contes, souvent au sujet de personnes distantes ou du monde des esprits. Ainsi selon Polly Wiessner, la domestication du feu par les chasseurs-cueilleurs a permis l'allongement du temps de veille, la vie nocturne centrée sur la réunion autour du foyer favorisant les interactions sociales et l'émergence des cultures préhumaines par le chant, la danse ou le fait de raconter des histoires (Polly W. Wiessner, *Embers of society: Firelight talk among the Ju'hoansi Bushmen,* Proceedings of the National Academy of Sciences, vol. 11, no 39, 30 septembre 2014, p. 14027–14035 - DOI 10.1073/pnas.1404212111 -, edited by Robert Whallon, University of Michigan, Ann Arbor, MI, and accepted by the Editorial Board August 7, 2014, received for review March 4, 2014).

Le feu avait été bon pour nous.

Alors voilà ce qu'on a fait ensuite.

Compte-tenu de notre grande fatigue.

Ces milliers de kilomètres en train, en bus, en automobile de fortune, en canoé même, à pieds désormais. Cette douleur continue dans mon genou droit. Ta pâleur car on s'alimentait si épisodiquement. C'est que nous étions des petites gens. Il se racontait d'ailleurs que les personnes fortunées avait fait fabriquer à prix d'or (mais qui profiterait encore de l'or ?) des avions luxueux fonctionnant à l'énergie solaire, le but étant que l'aéroplane ne se pose jamais et vole à haute altitude pour l'éternité au-dessus des flammes.

Nous savions que le brasier serait là dans une petite huitaine, un peu plus ou un peu moins selon le vent. Mettons pour dimanche prochain. Déjà l'air apportait de temps à autre cette odeur si caractéristique de crème brûlée, de torchon qui brûle, de sorcière brûlée en place publique, de chandelle brûlée par les deux bouts, de tête brûlée.

Alors on allait brûler nos vaisseaux. Se brûler les ailes. Car qui s'amuse avec le feu, se brûle. Après ces quelques brèves années de repli constant vers le nord (dont dix-huit mois en Islande avant qu'un volcan ne nous contraigne à l'exil), on a dit stop, Dana et moi. Nous devons faire autrement. Voir venir.

On s'est installé dans une maison confortable du côté de Saariselkä, à la frontière russo-finlandaise. Je me demande comment nous avions pu atterrir là. Quelle fabuleuse énergie, évanouie à présent, avait bien pu nous faire mettre un pas devant l'autre pour rallier Saariselkä, à la frontière russo-finlandaise ? Là, on a mangé un somptueux gratin de fruits des bois et bu une ultime et miraculeuse bouteille de vin sud-africain. Pour ceux que ça intéresse : un Boekenhoutskloof The Chocolate Block de 2019. De marque Good Hope, ça ne s'invente pas.

On a parlé de nos existences, du fait prodigieux que l'on s'était trouvé toi et moi, de nos familles et de nos morts et des possibles prochaines retrouvailles avec ces derniers. Afin de se rappeler cette douceur du foyer chère à l'anthropologue Polly Wiessner, devant une vidéo d'une heure quarante-neuf minutes montrant en plan fixe quelques bûches flambant dans une jolie cheminée, on a fait l'amour sur une imitation de peau de tigre, comme si c'était la dernière fois et ça l'était. Le thermomètre indiquait 44°. On avait vécu comme les autres. Des heures heureuses, un peu. Puis des coups et encore des coups, de nouveaux coups. Le sentiment d'impuissance. Puis encore des coups. Un jour (et c'était aujourd'hui), un seuil avait été franchi, c'était assez. Refus de fuir encore un peu plus loin. Alors tout s'effondrait sur lui-même. Pour ainsi dire, tout se *stabilisait*. On aurait pu décider de partir vers le cercle arctique mais à quoi bon ?

D'un trait virtuose, Fragonard savait montrer le tourbillonnement du présent par des gestes expressifs et gracieux ou des drapés pleins de vigueur. Fragonard est le dernier peintre d'une époque sur le déclin, ses scènes de genre seront bientôt rendues obsolètes par le surgissement d'un nouveau monde.

Jean-Honoré Fragonard (5 avril 1732 à Grasse-22 août 1806 à Paris).

À ma connaissance, les dernières choses que nous nous sommes dites tandis que la température continuait d'augmenter brutalement au-delà du respirable, c'était que j'estimais pour ma part que les gens, d'une manière générale, avaient beaucoup de talent, surtout celui de tout bousiller. Qu'à voir avec cette planète. Et toi Dana, tu as dit que tu regretterais la neige tombant silencieusement. On avait un paquet de flocons d'avoine sous la main alors je l'ai ouvert et en ai vigoureusement saupoudré l'air ambiant, le canapé en cuir beurre frais du salon, ta chevelure divine. On aurait presque cru de la neige mais si chaude. Poudroiement doré. Les flocons d'avoine en feu.

Et, tandis qu'un tsunami rouge révolutionnaire, haut comme un immeuble de cent étages, beau feu de joie, s'approchait au galop de la maison en hurlant son cri de guerre, tu t'es jetée dans mes bras et je t'ai vu rire de bon cœur mon amour.

(*Feu de brousse,* 2015. Nouvelle publiée en première version in *Boxer dans le vide,* Souffle court, 2017 ; et, également en première version, in *Apocalypse reconditionnée pas cher*, Askip publishing, 2018 ; et in *Petit traité de sorcellerie et d'écologie radicale de combat,* Hispaniola Littératures/BoD, 2021).

Avec le soutien de Rose Evans et Olivier Millet (*Hispaniola Littératures*) / Ludmilla de Monfreid et Zoé Agbodrafo (*Totemik CrowFox*) / **Merci** à Rudy Ruden, Emmanuelle Sainte-Casilde, Christine Chatelet, Morgane Aubert, Karma Ripui-Nissi, Daisy Beline, Morgane Aubielle, Karl Bilke, Kara Thrace, Starbuck Marquant, Jérôme Comment, Leo Dhayer, Gilbert Morandi, Carlota Moonchou, aux lectrices et lecteurs de la librairie BoD et de la librairie La Passerelle ; merci à Marie Doré, Julia Woolf et Sébastien Breton (*Lapin à Métaux*) ; Lili Boulanger et Dorian Da Silva *(Askip publishing)* ; Astrid Laramie, Olivier Bastille de Gouges et Paul Astapovo (*Fondation Carlota Moonchou*) ; Bob Collodi et Maria Quiroga *(Académie royale des littératures Orélides)* ; Laurent Battistini, Piotr Bish et Aksana Lydia Oulitskaïa (*Neness Danger*) / **Feu de brousse** / Éditrice : Rose Evans (avec Reinhild Genzling) / Photographies de couverture : Christine Chatelet / Mise en pages : Anastasia Tourgueniev et Zoé Agbodrafo (avec Béthanie Rib et Nina Nobel) / Dépôt légal juin 2021 / ISBN 9782322269730 / Imprimé en Allemagne / www bod.fr / www. aubert2molay.vpweb.fr / © Ph.A2M, 2021 © Hispaniola Littératures, 2021 /

www. aubert2molay.vpweb.fr

du même auteur chez Hispaniola Littératures,
disponible en librairie et sur le site BoD www.bod.fr

Collection <u>L'Inimaginée</u> *(Littérature de l'imaginaire)*
-PETIT TRAITE DE SORCELLERIE ET D'ECOLOGIE RADICALE DE COMBAT
-DOULEUR FANTÔME

Collection <u>L'imaginable</u> *(Littérature blanche)*
-SAPIN PRESIDENT

<u>Collection 1 nouvelle</u>
-TOUTE PETITE FILLE DES DRAGONS
-SUPERETTE
-LA HAUTEUR
-LA MORT DE GREG NEWMAN
-DIX ANS AVANT LA NUIT
-SELON LA LEGENDE
-S'ENFERMER DANS UNE CABANE ET ECRIRE
-EN MARCHE
-LECON DE TENEBRES
-L'HIVER 1877 DE MISS EMILY DICKINSON
- LA ROUSSEUR DU RENARD
-TECHNIQUES DE VOL HUMAIN EN CIEL NOCTURNE
-LA FEE DES GRENIERS
-ROUTE DU GRAND CONTOUR
-LE DOCUMENT BK 31
-FANTÔMES D'ASTREINTE
-BRODERIES ET TRAVAUX D'AIGUILLES
-LA REPUBLIQUE ABSOLUE
-LA BONNE LONGUEUR DE MECHE
-MADRID, ETATS ZUNIS D'AMERIQUE
-INTERNITE
-SURVIVANT
-SUPER HEROS À TEMPS PARTIEL
-POUR UNE FOIS QU'IL NEIGE
-KANSAS ET ARKANSAS
-FEU DE BROUSSE
-LA FILLE QUI AIMAIT (BEAUCOUP) LES MANGAS

Collection 1 nouvelle